KB020861

귀를 꽃이라 부르는 저녁

**실천문학시인선 040**
**귀를 꽃이라 부르는 저녁**


2020년 7월 31일 1판 1쇄 인쇄
2020년 7월 31일 1판 1쇄 펴냄

지은이       권덕하
펴낸이       윤한룡
편집         김은경
디자인       윤려하
관리·영업    이소연

펴낸곳       (주)실천문학
등록         10-1221호(1995.10.26)
주소         남양주시 퇴계원읍 퇴계원로 52 405호
전화         322-2161~3
팩스         322-2166
홈페이지     www.silcheon.com

ⓒ 권덕하, 2020
ISBN 978-89-392-3052-1 03810


이 도서는 2018년도 아르코문학창작기금 지원 사업에 선정되어 발간되었습니다.

실천문학 시인선 040

# 귀를 꽃이라 부르는 저녁

**권덕하** 시집

실천문학사

## 제1부

## 제3부

제1부

## 수긍首肯

비둘기가 빵 부스러기 향해 고개 쉼 없이 까닥까닥하며 걸어간다

눈부신 햇살 쓰고 끄덕이며 역으로 들어오는 전철 향해

사람들 까닭까닭 까치걸음 펭귄 걸음 놓는 길

옛적엔 길 끝 먼 산에 아득히 바람꽃 일더니, 어제는 하늘이 베옷 입은 듯 먼지 자욱하더니

큰 바람 지나갔는가, 오늘은 아지랑이 아른거리는 길

탔던 곳에 내릴 수 있고 내린 곳에서 탈 수 있다고,

시멘트 틈새 씀바귀 꽃도 살랑이며 수긍하는 교외선 봄 길

# 귀를 꽃이라 부르는 저녁

햇살 다문다문 심은 산골에서 청 노루귀 꽃 만나 누군가 했다 꽃대에 곱게 이는 솜털 보고 들숨소리 들은 듯했다 바위에 비친 그림자도 낯익어

언젠가 가까이 다가가 오래 바라본 것 같았다 수저 같은 나뭇가지에 앉았다 간 멧새 배고픈 눈빛 함께 견디다

그리운 이 눈빛까지 서편 하늘에 묻을 수 없어 벼룻길을 걸어 돌아오다 노을 타는 강 물결에 눈시울 뜨거워졌는데

홀로 있어도 외롭지 않다며, 환청도 난청도 다 꽃의 일이라며, 노루귀 꽃 고요의 바람결이 내 귀를 꽃이라 부르는 저녁

불면의 어둠 산밭에 부리고 이른 귀잠에 들려는 내가, 이제 누구인가 싶다

# 민달팽이 집

비는 그저 내리는 것이 아니라
집으로 돌아오는 것이다
바람은 그저 부는 것이 아니라
집으로 돌아오는 것이다
눈물은 그저 흐르는 것이 아니라
집으로 돌아오는 것이다

비가 돌아오는 곳에서
바람이 돌아오는 곳에서
눈물이 돌아오는 곳에서
그리움이 불 밝힌 방으로
비바람 눈물에 부푼 가슴우리로
돌아오는 것들 맞이하면서
제 스스로 집이 되어
민달팽이처럼 서 있는 사람아

# 더듬거리다

프레스기에 잘린 손가락 되찾아 붙이고 아우가 깨어나 내게 말을 간신히 밀어 보내다 사뭇 더듬거리네

제 몸 찾아 돌아온 더듬이로 생계를 다시 더듬다, 말과 말 사이 간신히 접합하듯 말 잇다가, 산재보험 신청과 재취업 사이에서 또 오래 망설이네

불행과 다행 사이에서 눈 감고 머뭇거리네 손가락이 손가락을 어색해하듯 말이 말을 낯설어하네

피가 돌면 돌아갈 일자리 더듬고 있는 목소리 눈석임물이라서 나는 공연히, 병실 천장 구석에 눈길 두다가

함께 살던 옛집 앞에서 서성이네 웃풍 센 방 유리창에 하얗게 일던 서리꽃만 바라보네

# 앞일

앞일 알아보기 위해 천변에 차를 댔던 것인데 골목에 들어서면서 바람이 섬섬옥수로 내 기억의 머리카락 넘긴다 담벼락에 뉘엿뉘엿 마음이 지고 있다

점집에 들어간 이 기다리는 내 옆에 빌려준 것 되찾으러 온 사람처럼 늙은 은행나무 한 주 서 있다

어음 같은 이파리들 흔들어 보이며 날 확인하고 나뭇가지로 흰 벽에다 이서(裏書)한다 옥상 위 빨래는 마음을 정리한 듯 마른다

한 아이가 다리에서 자전거 세우고 무언가 내려다본다 물이 거슬러 오르듯 흐른다 물오리는 증인처럼 적막 위에 떠 있다

앞 못 보는 사람 입에서 내 앞길이 흘러나오기를 이렇게 기다린 적이 있다 언젠가 내가 만났던 것들이 한데 모여 나

를 기다리는 줄 모르고

　막다른 골목집 돌아 나오다 앞서가는 지난 일도 못 보고
훗날이 내 뒤 가까이 따라오도록 한참 기다린 적이 있다

# 그림자놀이

제 그림자와 놀아 본 적 있나 석유 등잔에 불 켜고 바람벽에 여우나 토끼를 손짓하여 불러낸 적 있나

세든 문간방 쪽창에 입김 불어 그린 그림자에게 말 걸어 본 적 있나

집주인 만나러 들어간 아버지를 대문 밖에서 기다리다 그림자 동무 삼아 제 몸짓 따라하며 놀아 본 적 있나

인적 없는 한낮 골목길에서 문득 어렸을 때처럼 그림자 벗 삼은 적 있나 제 눈물 먹고 자란 그림자 따라 운 적 있나

그림자 발자국 위를 기어가던 개미 그림자 본 적 있나 나보다 먼저 태어난 그림자에 애써 매달린 적 있나

# 산길

물 따라 길이 흘러갔다 문신 같던 사람 발자국 다 지우고 빗물에 근육 풀어 침목 밀어내니 보철을 뺀 것처럼 시원하다

길섶 껴안고 다시 언덕 되자 산안개도 제법 부드럽게 타고 올라온다

숲에서 길 잃으면 이 나무가 저 나무 같고 이 골이 저 골 같아서 바위와 구릉이 움직인다고 한다

사람의 길은 빗물에 패이고 떠내려갔지만, 다람쥐의 길, 무당거미의 길, 박새의 길은 여전하다

사람의 길에 흘린 어린 생강나무의 눈물을 알지 못하는 것도 사람뿐이다

한숨마저 일용할 양식으로 삼는 잎사귀들은 뿌리를 등지

지 않는다 나무들은 길을 잃지 않는다

숲에서 배회하는 내가 나무들의 흉한 꿈이 아니기를 빈다

# 꽃자리

먼 길 떠나는 사람
오래 바라보는 눈도
꽃 진 자리

조용히 눈물짓는
눈은 참 깊은 우물이라서

밤새 별빛만 두레박줄 되어
흔들리고 흔들렸는지

환한 봄날 흰 꽃잎처럼
한번 눈물겹게 휘날리고 싶었는지

붉은 속울음 간신히 밀어내고
쉰 목에 빈 가슴만 남아
바람에 쓸리는 자리

# 블랙박스

매일 나는 은밀히 촬영된다
아침저녁으로 그 발치 지나갈 때
봄에는 꽃비 속에
여름에는 나뭇잎 속에 숨기고
가을에는 눈부신 햇살에
겨울에는 빈 나뭇가지 사이에
꼭꼭 감춘 눈으로
내 몸짓과 얼굴빛,
심장의 그늘까지 몰래 찍어서
사진첩에 담는다
나를 찍어 온 지 서른 해
열람할 수 없는 내 과거
그림자 인장으로 봉인해둔 채
가풀막에 올라서서
시치미 뚝 떼고 볕바라기하는
저 검은 상자의 주인,
산벚나무 한 그루

## 관심을 보이다

발이 아파서 풀밭에 앉았다
발등이 부어올랐다
걱정에 사로잡혀 걷다가
단단한 모서리에 세게 부딪쳐
발가락뼈에 금이 갔나 보다
바람이 불고 풀이 가끔
발등을 쓰다듬는다
걱정은 이제 걱정이 되어
발등에 머무는데
풀이 발에 관심을 보인다
한 번도 풀을 어루만진 적 없고
그저 밟고만 다닌 발도
풀에 관심을 보인다
부어올라야 발인 것처럼
바람 불어야 풀인 것처럼
서로에게 가만히
관심을 내보이는 날이다

# 사이

너를 생각하면 출렁이는 내 가슴
너를 좀 더 생각하면
어느덧 잔잔해지는 마음

너는 나의 일기라
네가 흐리면 난 흙냄새 맡고
네가 화창하면 하늘을 본다

마른풀 한 움큼 공중에 던지고는
바람 방향 보는 날

우리 사이로 불어오는 바람결에
눈 감고 얼굴 묻을 때

허공 흐르는 여울에서 솟구치는
해맑은 웃음소리에
설레는 게 어디 실버들뿐이랴

# 비꽃

지금 여기 모래밭에서
할 일이라고는 허공에 매달리는 것
든든한 철봉을 다잡고
호흡 가다듬고
정신 차리는 것

구겨진 한나절은 홑청처럼 빨아 널고
마음속 그 무엇마저
바람에 맘껏 나부끼도록 내버려두고

철봉 붙잡은 두 손에 매달린
두 팔과 어깨 근육으로
온몸을 힘껏 끌어 올릴 때
그러니까 내가 내 몸을
산목숨 구하려는 듯 잡아당길 때
내 눈엔 꼭 비꽃이 피더라

# 식전

왼쪽으로 맴돌아 왼돌이라 부르는 녀석이

칭찬받으려 마루 아래서 수줍게 기다리고 있습니다

제 몸보다 기럭지가 긴 뱀 물어다 놓고

# 산책

이슬 젖은 마당에
어미닭 의젓이 거니는데
병아리들 뒤따르며
무언가 주워 먹네

둥글게 몸 감았을 때
제 심장에 머리 얹고 앓던
배내 고갯짓으로
먹이 콕콕콕 쪼아 먹네

오랜만에 명지햇살 알결듯
골골이 퍼지는 마당도
빈틈없이 마당다운데

달개비랑 맨드라미랑
눈 껌벅이며
쪼그려 앉아 있다가 나는
금세 오금 저려 걷지 못하네

## 하지夏至

풀밭 대합실에 걸어서 도착한 듯
바위 한 채 입 꾹 다물고 있다

비 기다리는 마른하늘 아래
온갖 엄살에 불 놓는 수탉 볏 개찰에
아랑곳하지 않고
풀잎 지긋하게 누르고 앉았다

고요만 남은 항아리 승객도
제 몸집의 가내를 쓰다듬으며
인간사 파란만장 시간표 모른 척한다

담장 아랫도리 금 간 곳마다
풀들 죄다 실어 만원인데
바람의 입놀림인 양 나비 두엇 누빈다

속절없는 내 마음자리,

배롱나무 눈짓 하나 놓칠세라

햇살이 골똘히 지키고 있다

# 밥

집밥도 더운밥도 찬밥도 국밥도 김밥도 주먹밥도 소금밥도 이밥도 꽁보리밥도 겉보리밥도 감투밥도 고깔밥도 곽밥도 진밥도 된밥도 선밥도 탄밥도 삼층밥도 언덕밥도 고두밥도 술밥도 눌은밥도 되지기도 솥울치도 가마치도 강다짐도 매나니도 곱삶이도 소금엣밥도 대궁밥도 눈칫밥도 공밥도 드난밥도 기승밥도 새참도 밤밥도 구메밥도 소나기밥도 콩밥도 까치밥도 수라도 진지도 입시도 메도 헛제삿밥도 다 시장이 반찬이다

.

# 가을 물안역

가을 물안에 간다 거기
없어진 가을이 다 있다
내가 잃어버린 가을이 모두 다 있다

가수원, 흑석, 원정, 두계
그렇게 거쳐 가서
오수, 임실 닿은 나는
밤기차 불빛을 받아먹으며 자랐다

기다림에 물든 잎들이
내리는 타향,
가을에는 모두 간이역 되어
하염없이 여울질 때가 있다

아무도 기다리지 않는 역은 없다
생에 잘못 내린 역은 없다

# 네 이름

누군가 네 이름 불렀을 때
대신, 네라고 대답했다
네가 돌아간 지 오래인데
사람들이 널 찾을 때마다
대신 대답한다
네 전화번호 지우지 못한다

네가 밤늦게 전화하면
반갑게 받아야지
네가 울먹여도
늘 그랬던 것처럼 따뜻이 위로하고
따끔한 말도 덧붙여야지

돌아간 사람은 정작
제가 돌아갔다는 사실 모르므로
행여 놀라지 않도록
생전처럼 대해야지

누군가 네 이름 부르면

마음속 여기 있다고

제때, 네라고 대답하며 살아야지

# 하나를 보면


흔들리는 풀꽃 바라보는 눈길에
길 가다 지렁이 피해 가는 걸음에
길섶에 누운 빈 병 어루만지는 손길에
물 한 잔 청해 마시는 태도에
화분에 난간 둘러 꽃을 지키는 마음에
가을걷이 끝난 논둑에 서 있는 모습에
광장에서 촛불 이어 밝히는 가슴에
구하기 힘든 마스크 기부하는 발길에
스쳐간 눈빛 떠올라 밤을 잊은 얼굴에
새벽 어둔 마당에 나와 선 뒷모습에

새 우는 소리 들어야 잠들 수 있는 아이를
품에 안고 흔들리는 시외버스 승객들

# 탁란

내가 듣는 네 목소리와
네가 듣는 네 목소리도 다른데

내 귓속 둥지에 말을 낳고
시치미 떼는 너

너나없이 말 굴리며 살다
제 말이 제 알이라고 우길 때도
내 마음에서 깨어 자라는
너의 말,

입 안에서 피었다 지고
열매처럼 우물거리게 하더니
민들레 씨앗처럼 날아가는 말

# 귀꽃1

내 눈길 닿지 않는 곳에 피어
마음 모서리 품고 있다
들리지 않는 몸 그늘에 물드는 꽃

다른 꽃을 등에 얹어도 속 좋게 웃지만
부끄러울 때 가장 먼저 붉어지는 꽃

외면할 때는 외려 상대와 마주하다
불현듯 먹먹해지는
빈집 같은 꽃

빗소리 바람소리 들이고
혼잣소리 넋두리 다 듣고 어두워져도
모르는 척하며 말없이 곁에 있다

외로움에 사무친 몸 기울어져
기가 막히면 가장 먼저 우는 꽃

거울 속 아니면 보이지 않으면서

한 번도 눈앞에 나타나지 않으면서

잠들어도 깨어서 머리맡 지키다


숨이 멎고 마음 떠나도

오래 머뭇거리다

요연한 이별 한 번 못한 채

몸에서 가장 늦게 지는 꽃

**제2부**

# 시인

먼 길 다녀와 벗어놓은 양말 한 켤레 구석에 서 있다

눕지 못하고 서서 잠든 말이다

# 그리운 비트

지는 봄꽃에게 환부를 묻는다
꽃잎은 지는 때 지키듯이
내 아픈 곳을 짚어 준다

말벌에게 들킨 몸
욕망이 빠르게 부어오른다
길이 내 몸속에서 균형을 잃자
오리나무가 부축한다

어둠을 밟고 가는 흰나비의 걸음은
여느 장다리 밭 지나가는
비인 듯 쓸쓸하다

바람은 잎맥에 번진
푸른 실핏줄 흔들다가
빗줄기 몰아 산 넘고 있다

빗물이 읽을 수 없는
정사의 무늬 어지럽다
나무뿌리가 맛보는 세상
손에 닿을 듯 지척이다

꿈속에서 문 여닫는 바람은
오래전에 헤어진 사람
왼발이 하는 일 오른발 모르게
풀 위로만 바위로만 다녔다

온갖 집의 형상 피하면서
어금니로 등불 깨물고는
나도 능선 피해 산을 탔다

지금도 산길 지우며
덤불에서 기다리고 있을
그리운 비트

# 그믐에

며칠 걸려야 닿을지 모르게 멀리 와
다른 바람 냄새 맡고
끝없이 펼쳐진 설산 봉우리들 내려다보고
그렇게 국경을 넘고
지상의 불빛 애타게 그리워하고서야

지도를 구해 읽고, 낯선 언어로 묻고
문패를 확인하고 방을 잡고 물을 사 마시고
길에서 원주민 노인이 내미는
술병 마개 따 주고
머리 풀고 창문 두드리는
나무 그림자 바라보다 가슴에 슬픔 그러모아 보고
그때 그대 마음 바람벽에 비춰 보고
낯선 자리에 몸 눕히고
마른 몸 만져 보고 나서
누워야만 보이는 시간의
신기루도 있다는 것을 느끼고서야

큰물 지나간 꼴골로 서 있던 집

굴뚝에서는 연기 대신

난독의 입술들 피어올라

박쥐들과 함께 날아다니던 풍경이나

피를 빨고 꽃을 먹은 것들

때로 움직여 하늘이 얼룩지던 일이나

눈물 나는 대로 버려둔 응달에서

입술을 둥글게 모아 보던 일들

예사롭게 떠오르고서야


불현듯 내가 나를 놓아주고

온전히 나에게 나를 맡겨야 잠들고

방명록에 이름을 남기고서야

불에 탄 집과 무너진 담벼락에 남은 탄흔과

새벽 댓바람에 주저앉아

주먹으로 머리를 치며 울던 여인을 보고서야

바닷가에서 두 개의 달을 바라보던 것도

그대 안에 잠기는 일이라는 것을 알고서야

새벽잠이 덜 깬 아이를 이역에 두고
내 목에 마두금 걸어 놓고 떠난 이의 마음으로
바람결이 빚어내는 연주를 듣고서야
조금씩 달이 여위듯 속되고 속되어서야

# 산내에서

기억이 우리 사이 갈라놓았지 그때 기억이 나와 다르다는 이유로 그는 귀를 막고 돌아섰지

그가 사라진 구석에서 역사의 천사는 하얗게 늙고, 때늦은 만가에 마른풀들이 바람의 뼈로 서성이네

실제로 본 것과 다른 기억들이 살아 있어 남의 기억에 내 표정이 남아 있어 나는 나를 볼 수 없네

그에게 지은 내 표정이 내게서 멀어지듯 우리 둘 사이에 어떤 강이 흐르는지 서로의 강둑에서 사윈 잿더미에서 무슨 그리움이 불씨 뒤적였나

그의 기억 통해 내 표정 확인하다가, 그의 표정 통해 내 기억 확인하다가, 잘못에 걸어놓은 남루한 말도 사라지고 돌멩이마다 기억에 대한 변명 늘어놓았지

모두 제 살던 고향에서 끌려와 명부도 없이 구덩이에 처박혀 독립의 꿈도, 해방의 기쁨도 심연에 묻혔는데, 학살 주범은 훈장에 연금 받고 친일반민족행위자가 세운 대학 이사장으로 떵떵거리며 잘 살았다지

흰나비 하나, 까마귀 둘, 풀잎 여럿, 침묵에 뿌리내린 나무들, 숨탄것들 모두 예사롭지 않은 이곳에서는

내 기억도 믿을 수 없네, 서로 어긋나면서 그럴듯한 우리 이야기 더는 믿을 수 없네 지금 이곳에서는

제 기억 의심하는 것이 또 다른 시작이네 진실이 수의도 못 벗은 채 여기저기 흩어져 묻힌 지금 이곳에서는

# 이명耳鳴

　한번 제대로 날기 위해 깊이 뿌리 내리는 것인가 나무들이 꽃잎 날리며 예행연습 한다

　손등에 흰 꽃잎 날아와 앉자 나는 꼼짝 못한다 제자리에서 한번 제대로 멈추기 위해 애쓴 기억이 없다

　꽃잎이 날아가고 저린 손등에 동심원이 인다 팔뚝으로 금세 퍼져나간다 내 피 흐르는 소리 들린다

　손바닥에 땅콩 조각을 놓았더니 새가 날아와 앉았다 간 적 있다 그때도 귀가 울었다 눈이 자주 내린 겨울이었다

　발바닥에 무언가 느껴져 구두를 벗었다 구두 속에 씨앗이 들어 있다 종일 뛰어다니며 숱한 바닥들 만나다가 구두에 새로 승차한 손님이다

　씨앗을 흙 속에 내려주고 겨를에 구두 밑창 살핀다 바깥

쪽이 많이 닳았다

닳은 쪽으로만 생이 쏠렸던가 내딛기만 했던 몸의 기울기
는 무엇을 편든 흔적인가 귀가 운다

소리가 난다 거센 소리에 나무가 난다, 나무 한 그루가 날
자 숲이 기지개 펴더니 한꺼번에 날아오른다, 하늘에 구름과
새 떼 남겨두고

# 십리사탕

두계역에 내리자 비바람 몰아쳤어요 비닐우산은 마음먹고 뒤집어지려 하고 빗물에 찢긴 부대종이 사이로 갈치 맨살이 드러났어요

이거 뭐 중앙시장서 산 갈치 두 마리도 가리지 못할 우산 들고 그래도 입속엔 가득 그리움이 살고 있으니까 철길 건너갔지요

아껴 먹으며 십 리를 걷고 또 아껴 먹으며 십 리를 걷고 눈도 따라 십 리는 들어갔지만 깨물면 자책했을 단단한 맛 지키며 혀끝으로 살살 녹여 먹는 힘으로 갔지요

어디다 맡길 수도 없는 동생 달래며 기억에 젖고 젖어 질척질척한 먼 길 외갓집까지 뭔 힘으로 걸어갔겠어요

# 다리

다리가 떠났어요 우리 사이에 놓여 있던 그 다리 말예요 조금 전에 떠난 걸 보고 온 걸요 배웅하러 갔는데 늦었지 뭐예요

뒷모습도 못 보고 없어진 것만 보고 오다니 대체 뭘 보고 온 것인지 이제 강 건너 당신에게 가려면 돌아갈 수도 없어요 옛길은 기억나지 않거든요

강둑이 다리를 한참 놓아주지 않았겠지요 기억 속에 다리를 두고 당신이 기다렸을 텐데 다리는 한꺼번에 떠났어요

하릴없이 물 구경만 하고 돌아오다 기름집에서 얻은 깻묵 한 덩이 같은 것이 다리가 남긴 마음인가 길섶에서 구름이 흘리고 간 시침과 분침도 주웠어요 날선 햇살에 마음 베이고 마음껏 울지도 못하고 많은 물이 들어와 다리를 데리고 갔어요

다리와 함께 눈물 속에 부서진 셋방들도 모여 있다 흩어

졌지요 시간을 견딘 것은 강 건너에서 눈 감아도 사라지지 않
는 당신 시린 눈빛뿐이었어요 간신히 건진 외짝 신발에 고인
물빛 말이에요

# 새

　새들이 일제히 날아오르며 제 길 가도 서로 부딪치지 않는다 이웃을 밀치거나 밟지 않는다

　천수만에 사는 어떤 이는 귀신같이 새소리를 낸다지만 새들은 사람 목소리를 흉내 내지 않는다

　빈 나뭇가지 고요히 밟는 새는 맨발이다

　사람들은 신발 벗어야 하는 곳을 성지라 이르면서 태어나 딛는 곳마다 피어나는 꽃을 보지 못한다

　성지 순례하다가 폭탄이라는 말에 놀라 좁아터진 다리에서 떠밀고 넘어지다 티그리스 강으로 입적한 사람들

　산더미처럼 쌓인 신발들 사이 새의 맨발 아득하다

# 라플레시아

꽃을 바라본다 생전 처음 코를 쥐고 장대한 미와 순결이
라는 꽃말 읽으며

계절 밖에서 밤낮없이 핀 꽃을 보고 있다 잎 없고, 엽록소
없고, 꽃대 없고, 줄기 없고, 뿌리 없는 꽃이 제 그늘마저 삼
키고 아랑곳하지 않을 때

다른 덩굴나무에 달라붙은 연명이 신기하여 꽃 앞에서 자
꾸 작아지는 사람들,

숙주 껍질 뚫고 피어올라 지상에서 가장 큰 꽃으로 주저
앉아 번식하려는 놈 곁을 어슬렁거리고 있는 것이다

썩은 살내 풍겨 딱정벌레들 불러들이고 하얀 반점 핀 노
을 끌어당겨 덮고

다섯 개의 고깃덩이 같은 꽃받침, 바람에 흔들리지 않는

것을 머릿속에서 들었다 놓아도


  가운데 아가리로 허공 찌를 듯 꼿꼿이 위협하다가 지지
않고 썩어 가는,


  온통 꽃뿐인 몸집으로 파리 떼같이 몰려드는 눈길들

# 옛일

사무실 문 열릴 때마다 고개 돌려 본다 그리던 사람 문 열고 불쑥 들어올 것만 같아서 그렇게 봄여름가을겨울 가고 다시 봄이 오고 응달에 눈도 다 녹을 무렵

꿈처럼 네가 그 문 열고 들어온 것이라 너를 데리고 노을 지는 바닷가에 가서 마른 펫장처럼 가슴 덮었던 외로움 봄바람에 날려 보낸 적 있는데

문살이 달빛 앓는 밤, 바람 흔들어 보는 나뭇가지가 이제 누구를 오래 그리는 손길인가

그렇다 그렇지 않다 도리질하며 아까시나무 잎 차례차례 떼어 본 것인데 사람 사이가 어둡다 밝다 어둑한 곳에서 또 한 사람이 물통 지고 걸어 나오다 가늘게 눈 뜨고 날 바라본다

# 귀꽃2

내가 좋아하는 석공을 만나면 한쪽 귀가 들리지 않아 들리는 귀 옆에 나란히 앉는데

소리에는 왼쪽이 다정하고 침묵에는 오른쪽이 다감한,

그 귀는 소리의 개울 따라 걷는 초승달이다가, 내 속내에 뜬 종이배였다가, 사람 사는 이야기에 여위어 석등에 기댄 그믐달이다가,

잠들 때는 들리는 쪽 베개에 묻고 고요에 잠기다가, 구름 소복하고 탑을 도는 울음소리에 뒤척이는 꽃이네

# 밥 이야기

남들도 다 군대 가서 겪은 일이다 부모 면회 때 통닭이 따라왔는데 그것은 참으로 애틋한 동행이라고 할 수 있다 한 번은 부모님이 목사님이랑 같이 오셔서 목사님과 내 앞에 통닭 한 마리씩 놓고 기도하다가 어머니가 살짝 눈 떠 보니 목사님 앞에 놓인 것이 내 앞에 놓인 것보다 아무래도 커 보여 슬쩍 바꿔 놓았다고 제대 후 어느 날 고백하셨다 못 먹어 반쪽이 되고 탄 감자같이 변한 자식 얼굴 보고 다시 임진강 건너 그 먼 길 가시는 내내 당신들 가슴이 얼마나 미어졌을까 손수 운전하던 목사님께는 얼마나 미안하고, 또 주님께는 얼마나 민망하셨을까 자식 때문에 많이 회개하셨을 것이다

나팔수 교육 받은 적이 있다 신상 기록 카드 취미란에 음악 감상이라고 적었다가 차출되어 사단에 가서 받은 음악 교육은 그 어떤 훈련보다 가혹했다 도, 미, 솔만 나오는 나팔로 도, 미, 솔 소리 중 하나 찍어 제때 소리가 나지 않으면 오전 내내 뺑뺑이 돌고 오후도 마찬가지였다 연병장 담 밖 자동차는 솔 소리를 저리도 잘 내는데 터졌다 아문 입술로 한

달 동안 기상에서 취침까지 무려 스물여섯 곡 다 익히고 마지막 회식할 때, 날 보러 와요를 나팔로 불며 놀았던 추억에도 진하게 자리 잡은 밥 참사가 있었다 밥 한 그릇 더 먹기 위해 급히 행군 식판 들고 다시 밥줄 섰다가 취사병에게 들켜 밥주걱으로 뺨 얻어맞고 얼굴에 붙은 밥풀 뜯어먹으며 내가 흥부냐고 울먹이던 동기의 모습이 세월 가도 뇌리에서 지워지지 않는다

세상의 모든 길은 식당으로 돌아온다 일 마치고 우리는 함께 말없이 밥 먹는다 밥을 남기지 않고 먹는 사람은 반찬 투정해 본 적도 없을 것이다 밥이 곧 하늘이니까 하늘에 어찌 투정하며 하늘을 어찌 남길 수 있으랴

# 어떤 만남

상가 화장실에 갔더니 두 사람 두 손 맞잡고 뜨거운 속 울음 삼키고 있어라 두 사람 어머니들 아마도 그 옛날 동지였을 거라고, 동기처럼 가까이 지냈을 거라고, 해방되던 날 함께 만세 부르고 서로 얼싸안았을 거라고, 함께 면맹(面盟) 일에 부지런했을 거라고, 남편 잃고 갖은 고초 다 당하다, 가시덤불 우거진 곳에서 말없이 별바라기하다 기약도 없이 서로 빈손 저으며 어이 먼저 가라 했을 거라고, 아들 딸 낳으면 이웃 마을까지 환해졌던 시절*이라 서로 모를 수 없었을 테니, 두 분 돌아가시기 전에 우리 좀 더 일찍 만났더라면 겁나게 좋았을 것을, 틀림없이 그때 그랬을 거라고 고개 끄덕이는 아들들 덕분에 어머니들 맞잡은 손 놓을 줄 모른다

---

\* 　신동엽 시 「錦江」에서 빌려옴

# 생시에

아이가 웅크리고 자다가 소스라치며 운다 들먹이는 등 아무도 도닥여 주지 않는 밤에

방이 한없이 넓어져 벌판이 되고 만다 풀 한 포기 나무 한 그루 없는 거기 누워 있는 한 점 혈육에 눌린 영혼

아이는 솟구쳐 올라 손잡으려 하나 닿지 않는다 젖은 천에 가려진 입에서 흘러나오는 따스한 목소리 아빠가 맞는데 아무리 팔 뻗어도 손가락 끝 뭇별 향한 듯 허전하다

왜 아빠는 실 끊어진 연처럼 날아갈까 발밑에 많은 사람들 모여서 발만 동동 구를 뿐이다

공장에서 쏟아져 나오는 이들 사이에서 모습 찾지만 얼굴들 입이 뭉개져 있다 알아들을 수 없는 소리에 떠밀리다가

연기 피우며 사람들 하나 둘, 나무둥치로 변하고 톱이 날

아와 나뭇가지 자를 때

가랑잎에 휩싸여 떠가고 있는 뒷모습 눈에 익다 불러도 고개조차 돌리지 않는,

하늘 감옥에 갇힌 아빠, 쇠창살 대문 앞에서 돌아서 울음보 터진 아이의 피맺힌 꿈 보는가 아이의 흐느낌 듣는가

아이에게 뼈저린 일들 나는 또박또박 말하고 있는가, 생시에

# 유품

네가 환히 웃는 얼굴에
그의 얼굴 겹치고
네 앞에 놓인 국에서
그의 눈물 보고
네가 뜬 밥 한 술에서
그의 숨소리 듣고
네가 펼쳐놓은 공책에서
그가 써놓은 희망을 읽지만
엄마 배 쓰다듬으며
나아 줘서 고맙다는 말 하고
쑥스러워 뛰어가는 모습에서
이젠 차마 볼 수 없는,
컨베이어 벨트와 롤러에 남긴
참혹한 스물넷 육신
이름표 박힌 작업복, 손전등, 배터리,
수첩, 면봉, 물티슈, 컵라면, 홈런볼

# 문명의 문맹

외주노동자들이 저마다 홀로
생지옥에서 목숨 걸고 탄(炭)밥 먹여 보내는 빛과

이윤에 눈먼 자본가
천국에서 외면한 어둠의

대차대조표도

그 지옥에서 보낸 빛이 없으면
읽을 수 없다

# 알섬 우화

　등골로 느끼는 자장(磁場)에 가늘게 날개 떨며 애써 찾은 제비갈매기 한 쌍마저 사라지고,

　새들 머릿속 흘러가던 길 문득 끊어지고,

　달빛이 물질 끝내자 똬리 틀고 있던 걸신이 새알 모조리 삼켜 버렸어

　마지막으로 남아 있던 신목 한 그루에 입맛 다시다 마침내 도끼를 대고 나서 온통 어둠 졌을 때

　갑자기 바위 속에서 쏟아져 나온 날갯소리 사위 가득 채우고 비바람에 패인 길을 품에 안고 너울 속에서 밤새 비틀거렸지

　자꾸 허방 딛던 애비들이 어탁(魚拓) 뜨는 이승, 육탈하고 뼈만 남은 초분(草墳) 이엉에 맺힌 빗물의 넋두리도 물때 놓

치고

　나무들 기억만 수초에 실려 그늘에 떠다니다 물고기 배처럼 허옇게 뒤집혔으나

　벼랑 암각화는 부리로 허공을 두드리는 환청에 시달리고, 저녁 바다는 뭉텅뭉텅 붉은 살을 썰어 파는 정육점 같은데

　옛이야기에 취한 애비들은 불타다 남은 날개 묻지 못하고 부지깽이로 더듬어 새들의 유언만 읽고 있네

# 갯비나리

어러러리허 어러러러 렬렬 엉허야 어허야 어리 월월 요
말들아 어리설설 돌아오라 채워라 빈칸이야 텅 빈 소리야

별빛이 꺼낸 장미 떼울음 담긴 꽃병 귀먹은 사내 봄밤같
이 부드러운 살결 모두 허허 빈집이야 밤물결 너울 너머로
밀어 보내고 가라앉은 빈방이야 인양할 수 없는 허허야

머릿속 빈칸이야 우리 사이 가로막는 검은 나뭇잎들 아우
성 가득 찬 빈방, 눈 뜨면 흰 벽처럼 일어선 분노도 바람 처
지나 세월 처신처럼 부끄러운 거울도 허허 편안한 잠자리와
부딪치며 맹골에 오면 거센 피울음 소용돌이 일으켜 침몰하
는 판박이야

설마에 눈 뜬 자들과 눈 감은 자들 모두 건들건들 허허 목
사리 한 말 앞에 화들짝 눈 떴다 감는 빈칸, 팽목도 맹목도
추운 겨울 오는데 모두 우리 앞뒤로 첩첩이 들어선 허허 빈
집이야

요 말들아 구실이 뭐이야 어허 너희 구실이 밭 불리고 겉
불리는 일이더냐 어 허 어 호야 어러러러 렬렬 어허 허 허
허랴 요 말들아 어서 걸어라 높은 물결 평지 되도록 어러러
러허 허허허허

칸칸이 비어 있는 캄캄한 집들이 끝내 닿지 않는 곳에서
애타게 돌아오고 싶었던 우리 사이 내 곁에, 객실마다 이 악
물다 숨진 말이야 흩어진 허어야 말들아 돌아와 산중에 올
라가서 선들선들 바람 마시며 어서 먹어라 어 허 어 호야 어
러러러 렬렬 어허 허 허 허랴*

---

* 제주도 〈밭 밟는 소리〉에서 일부 차용하고 변용함

# 국gook

미, 국이란 말 속엔

피해 대중의 서러운 역사 묻혀 있다

맘몬 섬기는 손님을 부른

미, 국이란 말 속엔

쌀 미, 아니다

아름다울 미, 아니다

미, 국이란 말 속엔

나를 국이라 부른

굶주린 역사가 파묻혀 있다

꿀꿀이죽 배급 밀가루와

가루우유 강냉이죽으로 견딘

분단과 이산의 피눈물

고스란히 맺혀 있다

미, 국이란 말 속엔

산 채로 가축 매장하기 오래전

사람들 골로 끌고 간

기억의 핏물 배어 있다

마을마다 지신 밟아도

동티가 나는 까닭 있어

땅이 스스로 움직여

지뢰와 뼈를 토하는 봄이 오면

미, 국이란 말 속엔

마을을 내려다보던 사람들과

산을 올려다보던 이웃들과

한탄 바이러스에 걸려 죽은 병사들과

장갑차에 깔려 버린 아이들과

용산 철거민들의

혼과 백이 나뉜 채

시퍼렇게 얼어 있다

미, 국이란 말 속엔

노근리 쌍굴다리 아래로 숨었던 피난민들

벌집 만들어 삼켰던 붉은 아가리와

구럼비 바위 물어뜯는 이빨들이 있고

그 비좁고 캄캄한 식도를 지나면

채울 수 없는 아귀들 허기가

용암처럼 꿈틀대며 숨어 있다

# 대도시 오감도五感圖

1

무수한 눈총을 받는 살은 전쟁터다 살다 살다 이런 살 떨리는 살 빼기는 처음 본다 뼈의 골조가 떠받친 시간의 숨결이 자욱하고 시간이 쌓인 살은 무수한 나들이 사는 땅인데 흙을 닮아 너그럽게 열려 있나 주름진 마음에도 살결이 있나 그대 그림자 살결에 이식한 문신이 유행하고 뿔 있는 짐승은 송곳니가 없어 살을 찢어 먹지 못한다지 식인들이 살을 구워 먹기 시작하면서 사뭇 살벌해지는 사회에서 무의식이 문지방 닳도록 드나들어 뼈에 새긴 안면을 살은 무시하는데 말무덤에 다녀온 뒤 보름이 지나도록 살이 차오르지 않는 볼 안쪽에서 말맛을 잃고 알음에 꼬부라진 혀는 성호를 긋지만 카인의 무의식인 도시는 아벨의 행방에 여전히 무식하다 곡식의 곡성을 들을 수 없는 가는귀 첫 열매를 흠향할 줄 모르는 노안을 거느린 몸에 살의에 찬 성형이 손익을 남긴다 손을 잡기 전에는 남의 손이 차가운 줄 몰라 손을 감추다 주먹도끼를 쥐어 보는 손살이 쏜살같이 다섯 걸음에 늙는다

2

추억이 깃들지 않는 모퉁이 그리움이 말라붙은 거리 상어
처럼 쉬지 않고 달려야 살 것처럼 눈을 부라리며 횡행하는
차들 수시로 안색이 바뀌는 간판들 뜬금없이 나타나는 광고
들 흔적 없는 이, 미지의 이미지가 하늘하늘거리고 별빛이
닿지 않는 망막에서 명멸하는 빛은 빛잔치 먹을수록 배고프
기만 할 뿐 눈요기는 요기를 대신하지 못하고 뜻을 봉인한
거리가 정전이 되어도 밝다 익숙한 혼돈이 불야성이라 거짓
말만 일관되게 주목받고 적의가 바뀔 기다리는 주자들의
동선은 다 거기가 거기라 옷깃만 스쳐도 불쾌하다 열기 가
득한 눈에서 눈물이 마른 지 오래다 마주해도 앞사람에게
무심하고 멀리 있는 그림자에게 붙들려 있다 눈길이 엇갈리
고 사소한 일에 목숨을 걸었던 모니터 속에서 모여들었다
흩어지는 바람은 덧없다 사라지면 흔적도 없는 겉들만 나를
채울수록 내게서 멀어지는 나 쌓고 쌓아도 봉분도 되지 않
는 더미 흙도 묻지 않고 먼지조차 없는 발자국 모양에 헛된
이름만 무성하게 자란다

3

냄새가 나지 추억으로 가는 징검다리는 코끝부터 놓이고
서늘한 어른 냄새는 옷장 속에서 시작하지 이불처럼 덮고
베개처럼 베고 자던 냄새와 헤어지려 해도 꿈에 나타나지
내 안에 숨긴 기억들을 불러내는 냄새의 손길은 부드럽고
집요하지 숨 돌려 푼 밥 냄새 베어 놓은 풀이 햇살에 마르는
냄새 새로 깃들인 짚 냄새 이마에 눈가에 피는 비꽃 냄새 오
르막길 바람아래 저녁 냄새와 헤어지면서 냄새가 그리우면
어쩌지 밤꽃 냄새의 그물에 걸린 몸들이 어쩔 줄 모르지 언
제부턴가 일찍 깬 새들이 냄새 잡으러 다니고 냄새 난다는
말이 무서워서 뒷걸음치다가 고향 냄새가 나는 사람들을 피
해 커피 냄새를 들고 살지 새로 전입한 이름에서도 냄새가
난다며 코를 쥐고 멀어져 가는 사람들이 늘고 흐린 날 몰래
방류하는 냄새들이 천변으로 올라와 기어 다니고 기억을 휘
발하는 기름 냄새가 진동하지 진실을 태우는 냄새에 아파트
창문을 닫지 언제 어디서나 누구에게서나 종교처럼 유일한
냄새가 나지

4

　소리의 날개로 거슬러 오르는 시간의 절벽에 기대는 관객
들 객석은 소리가 지배하고 닫힌 문은 침묵을 보증한다 소
리의 난해함은 위장이다 내 귀 옆의 천사를 믿을 수 있는가
배우들은 나쁜 피에 익숙하다 비린내가 나지 않는 소리가
더 비리다 발가락 사이로 드나드는 소리의 선박들이 많은
생각의 짐을 실어 나른다 남을 남다르게 여기기 위해 모여
있는 자들이 제소리를 인정하지 않는다 말맛을 모르니 귀맛
을 느낄 수 없고 귀맛을 모르니 말맛을 느낄 수 없다 유언이
비어처럼 나르는 도시의 밤에 소리를 완벽히 차단해도 소문
의 열쇠를 들고 서 있는 귀는 무용지물이다 마음에 드는 것
만 듣고 소리가 소리를 절단할 때 엿같이 끈적거리며 엿듣
는 소리에 잘 속는 사람은 속이 허해 귀가 얇다 귓속 달팽이
와 내통하려고 내민 혀를 귓불이 식히지 못하고 귀로 들어
간 소리가 입에서 나올 때는 전혀 다른 얼굴이다 고요 한 짐
싣고 조가비들이 귀 기울이는 섬으로 소리의 소실점으로 흘
러들던 때를 잊었다

5

　물속에서 뛰어올라 잠자리를 낚아채던 말, 폭포 거슬러 오르던 혀, 다 잊고 고맙다는 말이 처음엔 산을 넘더니 병이 돌고 입소문이 아픈 채 돌아다니다가 공포로 변하면서 말을 잡아먹어도 맛을 모른다 말을 파느라 시끄럽던 곳에 인적이 끊기고 말맛을 모르는 길냥이들만 남아 그늘을 핥는다 한곳에 붙박여 말을 앞세우며 말을 팔아 온 이도 과묵해진다 재개발된다는 소문은 결국 천변을 넘지 못하고 만다 입이 상처가 되고 상처가 노래가 되고 입은 다시 노래에 덧나고 말을 삼키고 말고기가 생각보다 연하다면서 말은 표정보다 늘 넘치거나 미치지 못하고 속내를 숨기기 위해서 말할수록 동공은 흔들리고 귓속말이 얼마나 위험한지 더운 숨결에 숨긴 비밀이 얼마나 독한지 비말 타고 와 그대 욕망의 과녁에 꽂히는 독화살 깃 부르르 떠는데 너만 알고 있으란 말속에 스민 극약 같은 노을에 취하는 자들은 혈연인가 마스크도 하지 않고 가까이 접근하는 아가리는 두려움을 퍼뜨려 일상까지 잡아먹는다 말을 과식한 입이 벌겋다

제3부

# 노루벌

노루가 늦잠 자다 반짝 눈뜨고
나는 물에 누워 하늘에 잠기고

구봉산 아홉 구비 산도라지 꽃피고
콩밭에 꿩 새끼들 콩콩 뜨고

물아카시아 물속에 늠실늠실 잠기고
하늘은 내 속에서 가만가만 눈뜨고

# 이름

사슴이라 부르는 벌레가 산다
금꿩의다리 꽃이 핀다
바람하늘지기라는 풀을 본다
이름 처음 붙이고
그 이름 자연스럽게 부르기까지
무슨 일이 일어난 것일까
생긴 대로 놀다가
이름에 잔주름 질 때
시간은 그 섬세한 혀와 입술 놀려
사람들 마음 얼마나 간질였을까
그 이름 사라졌다가
다시 사람들 입에 오르내릴 때까지
무슨 일이 일어난 것일까

# 강릉


갑자기 더운물 돌았다
파도 타고 백사장까지
밀려들어 온 멸치들


팔딱이는 싱싱한 횟감을
정신없이 비닐봉지에 주워 담고 있는데


한편에서 느릿느릿
두 손으로 모래 구덩이 파고
멸치들 묻어 주고 있는 아이,


강릉에 처음 온 아이

# 잠녜 물질

들숨과 날숨 사이 무자맥질에
숨넘어갈 듯
까무룩 몸서리치는 순간만으로
하루 다섯 시간

일 년 열 달 꼬박
숨비소리 내쉬며
성산포 바당에서 오십 년 물질했는데

이어도사나 이어도사나
혼잣소리 흥얼거리며
자식들 낳아 길렀는데

스킨스쿠버 장비 사용하면 백 사람이 하는 일을 혼자 할
수 있다는데 왜 그렇게 하지 않지요,
기자가 묻는 말에

영 사는 아흔아홉은 어떵 살코

# 불쑥

한숨 농사짓다가
우리 고요한 씨
내게 불쑥 내민 말,

장가들기 전에
꼭 배워야 할 일이
쟁기질이었지

쟁기 보습 깊이 대면 소가 다치고
얕게 대면 내가 다치고
밭 가는 일 서툴면
처자식 굶는다 했지

내 몸 경혈 후끈하도록
불붙인 약쑥 같은 말

# 굴피

굴피 지붕 이던 노인
허리 펴며 하는 말씀
껍데기도 필요한 겨

껍데기 덕에 살면서
엄동에 이불 없으면
거적이라도 덮을 몸여

싸락눈 설핏 비치는데
노인께 오메기술
한 잔 가득 따라 드렸다

멀리서 개가 짖고
굴참나무 그림자
허물어진 묏등 어루만진다

# 월동

요즘 산판이 달라졌어요 얼어 있는 나무들을 담요로 싸서 차에 싣고 와요 모델하우스 철거하면서 버려진 나무들입니다 어떤 것은 키가 제법 커요 아파트에는 시름시름 앓는 나무들이 들어차고 여기저기서 단내까지 나요 가지가 하나 없이 둥치만 남은 것도 있어요 살아 있다고는 하는데 봄까지 기다려 봐야겠어요 응급실에 실려 온 것처럼 나무들이 기진맥진해요 입양 안 된 처지에 의기소침하기도 하네요 언 몸 녹이는 나무들에게 급히 바가지로 물 퍼 먹이는데 노련한 산판꾼처럼 참견하는 이가 있습니다 거, 좀 천천히 먹여요, 그러다 사레들겠네

# 겨울의 액면

어느덧 연말인데 돈은 안 주고
눈만 슬슬 내렸다나 뭐라나


밀린 임금 안 나오고
저녁연기만 설설 기었다나 뭐라나


급여 봉투에 눈이나 담아 가려는데
경찰이 왔다나 뭐라나


비닐봉지 백 장, 아니 두 장 훔쳤다고
주인이 고소했다나 뭐라나


난생처음 경찰차 타 봤다나 뭐라나
돈은커녕 첫눈마저 빼앗겼다나 뭐라나


누구는 이웃 집 새 차 바퀴 빼서
제 차에 갈아 끼웠다나 뭐라나

차 앞창에 눈이 쌓여

블랙박스는 눈이 멀었다나 뭐라나


눈사람 파수 헛기침만 했다나 뭐라나

# 메리 크리스마스

실컷 울고 나서 세수했다
아무 생각 없이
찬물에 세수했다

세수한다고 세상이 달라지랴마는,
어푸어푸 그냥 세수했다

누군가의 눈물인지도 모르는
찬물 받아
누군가의 눈물이 될지도 모르는
얼굴 닦았다

# 새벽달

헤어지지 말자며
잠든 너

헤어지자며
깨어 있는 나

달빛에 길은
마냥 젖는데

빈 가슴에 남은 옛정
두고 갈 곳 없구나

# 우명리

뻐꾸기 소리 왔다
너 거기 있냐 나 여기 있다

다른 세상에서 우련히 떠돌다
뻐꾹채 꽃피우러 왔다

혼자 모 심는 데
못줄 잡아 주러 왔다

찰방거리던 못물 사이
발목에 감기러 왔다

골짜기 내려다보다
허전한 가슴 치러 왔다

바위 절벽 스치던 눈길 거둬
등허리 두드려 주러 왔다

# 늦봄

한 올 한 올 풀린 내 옷은
이제 소매조차 없고

보리밭 사이 흰 길에
혼자 일었다 지는 먼지처럼

밭둑에서 보리피리 부는
그림자 한 자락

먼 산 듣는 귓가엔
저승새 울음 자국

# 유월

모란꽃 진 가지 끝 바라보다
저녁밥 먹고 설거지하네

달그락거리며 듣는 찬 물소리
해 진 길 가는 여윈 바람소리
비 오던 낮에 울던 뻐꾸기 소리

비우고 가시는 소리들
반짝반짝 여울로 흘러
거기 두 귀 담근 채
빈 배로 출렁거리네

엎어 놓은 그릇 주위
남은 물기 행주로 훔치면
어느덧 눈언저리 번하고
꽃자리에 종일 머물던 마음
둥글게 영글어 가네

# 부적

울 어머니, 어릴 적 내 목에
뭘 하나 소중한 것 걸어 주셨지
기름종이로 싸고 비닐로 덮고
흰 실로 꽁꽁 동여매 쌈지같이 생긴 것

물에 들어가더라도 풀지 말라고 해
자나 깨나 목걸이처럼 걸고 다녔지

멱 감으려 옷 벗을 때
몸 붉히며 옷섶에 감춰 두었다가
저녁나절에 꺼내 보면
우두 자국처럼 몸 어두워지게 하던 것

살같이 흐르는 여울목에
상기도 걸려 있는 액막이 별 하나,
오래전 벗어 놓은 부적인가

지금은 괜찮아요, 어머니
이곳은 강에서 아주 멀거든요

# 회오리 승객

바람이 서 있네
병원 앞 돌아 나오는
텅 빈 정류장

마른 먼지, 바스러진 이파리들
머리끝까지 끌어올리고
눈 감은 채 맨발로 서성이네

옷 한 벌 없이
제 몸 돌려 일어서는 것도
다 연명이라는 듯

한 뼘도 안 되는 그림자,
다음 버스 타려는지
한 줄기 회오리로 서서 기다리네

# 가을소리

소리가 남았다
곱돌 누운 마당에
하얗게 꽃 울음 패였는데

마른 솔잎 자침이
눈물 속에서 떨며 가리키는 가을볕에

이불 끌어당겨 머리끝까지 덮던 숨소리
가슴속 깊이 숨은 소리

소복 벗어 놓고
돌계단 걸어 내려왔는데
떠나지 못하는 그림자

놓아주고 싶은데
바람의 판자에 못을 친 듯
곁을 떠나지 않는 소리

소지가 허공 날며 타는 소리
그대 눈길이 피운 꽃잎 타는 소리
그대가 기르던 문조 날개 타는 소리

하늘에서 별 빠져나간 소리가 남았다

# 고향집 잔상

자리끼 찾는지
눈먼 바람이 더듬는 마당귀
터진 하수구로 배어나온 눈물에
명치끝 쓰리다

노숙하던 별들
자리 뜬 산마루에
점자처럼 줄지어 가는
새 떼의 행상,

검은 씨앗 물고 있는
삭과의 눈매처럼
늙은 하늘에 삶을 그린다

비우지 못한 모삿그릇에
듣는 햇귀가
한 품 띠를 두르고 있는,

색실 붉은 가계

처마에 걸린 달이 변복하고
자화상을 내리는데
사흘 후에나 찾아올 눈,
상주의 굽은 등에서 설레다

# 간이역

비탈에 올라선 나무 한 그루
까치밥 신호등 희미하다
찬바람 차단기 앞에서
건너가라는 것인지 기다리라는 것인지
무단 횡단하는 눈보라 바라보며 아무런 말 없다

야적된 화물같이 낮게 엎드린 지붕 위
철길은 다시 얼어붙고
밤이 와 모두 응달진 세상에
신호가 바뀌지 않는 구석이 있다
떠나지 못하는 것들 다시 쌓여 가는데

그리움에 발갛게 붙박인 불빛
나뭇잎 하나 양지행 입석표로 내주려는지
멀어진 너와 기다리는 내가
화해하지 못하고 있는 사이,
눈 내려 하얗게 역사 한 채 지어 놓았다

# 산내 차고지

백팔 번 버스들이 잠들어 있다

수많은 번뇌 실어 나르느라 힘들었겠다

소나기처럼 쏟아지던 생각 뚝 그치고

저마다 달 하나씩 품고 잠든

번뇌의 종점,

달빛만 환히 깨어 있는

무인지경

# 귀꽃3

마지막 빛을 남기고

그대 사라졌어도

돌이킬 수 없는 사랑

날 저물면 별빛 되어 반짝이니

별 바라기로 서 있는 돌탑 하나

언제나 반(半) 짝이네

별빛이 돌에 새긴 눈물,

돌이 피운 꽃도

저자 발문 · 시인의 말

# 시(詩)에 관한 열 개의 단상

　돌탑이나 석등이나 부도에 옛사람들은 귀꽃을 새겼습니다. 귀꽃으로 연꽃무늬를 새겼는데, 연꽃은 많은 씨앗을 남기기에 사랑과 풍요와 다산의 상징이기도 합니다. 또한 연꽃은 빛과 생명의 근원을 뜻합니다. 사람들은 그래서 자식을 낳게 해 달라고 자식이 잘되게 해 달라고 빌며 귀꽃이 핀 탑을 돌기도 합니다. 많은 사람들이 산사를 찾아와 서성거리다 눈으로 손으로 어루만지는 귀꽃은 수많은 사연을 듣고 들었을 것입니다. 탑을 돌며 소원하는 소리도 듣고 무너진 사람의 속 울음소리도 들었을 것입니다. 돌에서도 피어나 사람들 소리를 듣다 보니 귀꽃은 돌의 귀가 되고 입이 되기도 합니다. 목석같은 사람과 사랑을 이루기 위해 돌에다 입을 만들어 주었다는 이야기도 생각납니다. 돌의 낯꽃을 돌올하게 하는 귀꽃은 모서리를 벗어나지 않고 모서리의 힘을 아름답게 밝힙니다. 귀꽃은 기단에 피어 흙과 가장 친근하기도 하고 탑 상륜부에 피어 부드럽게 굴곡진 처마의 선과 만나 햇살이나 나무 그늘을 심심치 않게 합니다.

깨어져 나간 지붕돌에 남아 있는 귀꽃에 눈길이 닿으면 어떤 상실감에 돌연 서늘해집니다. 부모의 나라로 가는 길을 오늘에게 알려 준, 연꽃을 돌에 별빛으로 아로새긴 옛사람들의 깊은 속마음을 읽습니다. 귀꽃이 품고 있다 전하는 아픈 말을 듣습니다. 내 몸에도 귀꽃이 있는데 모르고 살았습니다. 귀에게 사뭇 부끄러워집니다. 부끄러운 것은 난데 귀가 먼저 붉어지는 것을 보면 귀는 꽃과 혈연이라는 것을 실감합니다. 귀를 귀꽃이라 부르고, 꽃을 귀꽃이라 부르면 귀와 꽃이 동시에 상응하여 생동하는 기운을 느낄 수 있습니다. 얼굴 정면에 있지 않아도 꽃과 함께하니 귀는 시(詩)가 생겨나고, 시가 돌아오는 오래(門)로 변신합니다. 사람 이외에는 아무도 마스크로 낯을 가리지 않는 산골 거닐다 노루귀 꽃을 만났을 때 너도 귀꽃이라 부르니 우리 사이가 사뭇 발갛게 물듭니다. 귀에서 가슴까지 그 먼 길, 감정의 풍파거센 마음 바다 건너 마스크까지 지나온 그런 말도 귀꽃이라 부르니 환해집니다. 귀꽃이 들은 말은 마음결에서 자라 꽃 피워 씨앗 맺고 바람 불어 또 다른 마음에 그 씨앗이 전해집니다. 나무처럼 바위처럼 살고 싶을 때 어느 바람결이 내게 그랬듯이 마음속으로 '귀꽃아'라고 가만히 부릅니다.

옛사람들의 말은 곧 부모의 말입니다. 부모의 말은 생명을 낳아 기르는 말입니다. 예전 부모들은 차별 없는 땅을 본받고 차별하지 않는 물을 섬겼습니다. 땅의 너그러움을 본받고 살며 땅은 거짓말을 하지 않는다고 땅을 굳게 믿었습니다. 자식 잘되라고 이른 새벽에 길은 우물물을 떠놓고 천지신명께 빌었습니다. 부득이 이름을 부를 때는 하느님, 따님, 비님 등 높임말을 썼습니다. 살고 있는 집이 서운해 한다고 집에서는 말을 가려 썼습니다. 가축도 듣는다고 서로 비교하는 말을 삼갔습니다. 밭에서 자라는 것들은 주인 발자국 소리를 듣고 자란다고 하며 부지런히 손발을 놀렸습니다. 이렇게 말조심하며 산 것은 무엇보다 생명은 물론 온갖 비인생령까지 존중했기 때문입니다. 후손들이 살아갈 자연을 고맙게 여겼기 때문입니다. 이런 부모의 마음이 곧 시(詩)의 마음입니다. 풍물패를 불러 고삿소리로 액막고 살 풀어내며 지신밟기 했던 것도 식구들이 건강하고 화목하게 지내고 생명이 온전히 살아갈 수 있기를 염원했기 때문입니다. 사람의 말로 신을 설득하고 감동시켜 행복하게 살고자 하는 내용이 요즘과는 너무나 달랐습니다. 액막이하거나 노는 소리에도 함께하는 삶이 생동합니다. '오월에 드는 액은 처녀들이 타는 단오 그넷줄로 막아내고, 칠월에 드는 액은 한가윗날 오리송편 많이 빚어 이웃집에 나눠주던 쟁반복으로 막아내고'자 했던 것입니다. '날이 좋다고 날마다, 달이 좋다고 달마다 노는 것'이 아니라 명절을 가려 '저 달이 떴다 지도록' 놀았고, '높은 마당 깊어지고 깊은 마당 높아지게' 제대로 놀았던 것입니다. '밤이 되면 불이 밝고, 낮이 되면 물이 맑기를' 바랄 뿐이기에 고삿소리는 이웃은 물론 신과도 쉽게 소통할 수 있었습니다. 더불어 사는 살림살이와 신명나는 놀이를 통해 창조적 소통이 이루어집니다. 삶에서 우러나와 신과 이웃을 설득하고 감동시키는 소리가 바로 시(詩)라고 옛사람들은 가르치신 것입니다.

생각이 멎은 꽃자리에서 조용히 눈물짓는 사람이 있습니다. 늙은 소처럼 여윈 별처럼 울고 있습니다. 볼을 타고 흘러내리는 눈물이 희미하게 빛을 내면서 춤을 춥니다. 눈물 춤사위가 글썽거리며 솟아난 눈처럼 깊은 우물이 어디 있겠습니까. 그 곁에서 꽃이 집니다. 아무도 보고 있지 않는 것처럼 꽃잎은 춤을 추다 가슴에 내려앉습니다. 어느 해 봄날 아침 부여에서 억수로 내리는 빗발에 나무들이 꽃잎 하나 떨어뜨리지 않는 것을 보고 감탄한 적이 있습니다. 때가 되면 어김없이 지고 말지만 필 때는 그렇게 장하게 솟아오르는 꽃의 기세에 새삼 놀랐던 것입니다. 결연히 물을 끊고 꽃불로 세상을 환히 밝히다 황홀하게 스러져 가는 일을 되풀이하는 자연이 무엇입니까. 낙법을 가르치지 않는 학교, 남을 내던지는 법을 배울지언정 쓰러지는 법을 익힐 겨를이 없는, 사회라고 할 것도 없는 세상에서 저에게 시는 쓰러지는 참에 본능에서 우러나온 것일지도 모릅니다. 제 손으로 닦을 수 없는 눈물이 많은 이웃들 곁에서 살다 보니 어느덧 낙법이 작법이 되고 만 것이라고나 할까요. 잠시 생각이 멎은 꽃자리에서 흥얼거리며 순간을 살다가 한번 제

대로 쓰러지고 싶은 것이지요. 덧없는 생에 꽃잎처럼 한번 눈물겹게 휘날리고 싶은 것입니다.

풀잎 전화기가 있습니다. 벌레들이 쓰는 것입니다. 잎을 먹고 사는 벌레들이 살러 오자, 땅속에서 뿌리에 깃들어 먹고 사는 벌레들이 땅 위로 전화합니다. 전파 대신 화학물질을 사용해서 신호를 보내면 공중에서 사는 벌레들이 풀잎 전화기로 받습니다. 통화 내용은 간단합니다. 지금 땅속에 우리가 살고 있다고 합니다. 받는 쪽은 지체하지 않고 떠나 다른 곳으로 갑니다. 벌레들은 이렇게 소통을 통해 풀한 포기에서도 먹고살기 위해 서로 본의 아니게 경쟁하는 일을 피한다고 합니다. 바다에서 평생 물질을 하며 살아온 이에게 이렇게 물었답니다. 스킨 스쿠버 장비를 사용하면 백 사람이 하는 일을 혼자서 할 수 있다던데 왜 그렇게 하지 않지요? 그러자 그는 이렇게 대답했답니다. '영 사는 아흔아홉은 어떻 살코'(그렇게 일하면 이렇게 사는 나머지 아흔아홉 사람들은 어떻게 살아요). 어떤 시인은 시 세 편을 써 놓고 재벌 회장이 부럽지 않다고 했습니다. 원고료는 술값으로 다 써 버렸습니다. 책을 읽고 나면 마음에 드는 것일수록 바로 팔아 버렸습니다. 이윤과 지식의 축적을 모르고 살았던 것입니다. 십 년마다 시집 묶어내 사람들에게 나눠주는 시인들이 있습니다. 직업도 마다하고 오랫동안 각고 끝에 쓴 시들을 한 권의 시집에 담아 국밥 한 그릇 가격으로 사람들에게 선물하면서도 국밥보다 못할 것 같아 노심초사합니다. 이렇게 대가를 바라지 않고 주는 귀한 선물은 사익을 추구하는 경제 논리를 벗어납니다. 잎을 먹고 살며 뿌리를 먹고 사는 이웃을 배려하는 벌레, 원시적인 물질을 하면서도 효율성보다는 이웃의 처지를 먼저 고려하는 잠녀, 창작품을 선물로 주는 시인 모두, 뜻 없는 경쟁을 피하고 이윤 축적을 추구하지 않습니다. 저만 살자고 사람과 자연을 해치지 않습니다. 이들은 모두 바람이 불면 흔들리는 나뭇가지로 살지만 뿌리를 등지지 않습니다. 햇살을 받아 꽃을 피워 꽃 그늘에 젖게 하고 땡볕에 그늘을 드리워 바람을 머물게 하고 추울수록 몸을 비우고 당당하게 겨울을 맞는 나무의 경제를 몸에 익혀, 광합성하듯 상상력을 통해 좋은 언어로 세상을 채우는 시인은 청빈의 풍요를 누리며 시장 너머에 있는 세상을 보여 줍니다.

우리는 여러 길을 오가며 살고 있습니다. 저마다 여러 목적이 있어 길을 가기도 하고 별다른 이유 없이 한가롭게 길을 거닐기도 합니다. 살아간다는 것은 주어진 길을 가다가 이로운 길을 선택하고 새로운 길을 찾아가는 일이기도 합니다. 우리는 길에서 만나 웃고 울며 정을 나누고 더불어 살아가다 헤어지고 그리워하다 사라집니다. 우리는 한시도 길을 벗어나 살 수 없습니다. 길은 밖에 있지만 몸속에도 있습니다. 우리는 몸속의 길을 통해 몸 바깥의 길과 만납니다. 눈이나 손이나 발이 모두 길을 가니, 눈길이 향하는 곳에서 꽃이 피고, 손길이 닿는 곳에서 사랑이 일고, 발길이 닿는 곳에서 그리움이 익습니다. 우리가 대상이라고 여기던 길과 만나면 길들이 서로 이어져 나와 남을 감싸는 시공간이 생깁니다. 지류가 많은 강줄기를 하늘 높은 곳에서 바라보면 실핏줄처럼 보입니다. 어느 물길은 뉴런처럼 보이기도 합니다. 우리는 눈과 연결된 뉴런을 통해 뇌로 사물을 봅니다. 몸속으로 흘러들어 오는 길과 뇌에서 흘러나가는 길이 통하면서 세계를 지각하는 것입니다. 식도는 밥줄로 이어져 있고 밥줄은 밥 푸고 국 나르는 눈길과 손길과 발길로 이어져 있습니다. 길을 통해 느끼고 인식하는 이 총체적인 활동, 곧 삶이 이루어내는 시공간적 세계에서 존재자는 표현합니다. 이런 길을 통해 몸과 마음, 감성과 이성, 이미지와 언어 사유가 만나 글이 생기며 착근한 언어의 씨앗이 표현의 꽃을 피우고 열매를 맺습니다. 길을 걷는다는 것은 무뎌진 감각을 회복하고 길과 하나로 통일되는 기쁨을 누리는 일입니다. 시도 하나의 길입니다. 시의 한 행은 길을 가고 길을 내며 마음 쓰는 일이 아닌가요. 시를 쓰며 새로운 길을 찾아내 그 길을 갈 때 행적은 시행으로 응축되고 존재는 표현으로 생동합니다.

시의 맛은 호르헤 루이스 보르헤스가 비유적으로 말했듯이 시 자체나 독자의 입 안에 있는 것이 아니며 시와 독자가 접촉할 때 생기는 것입니다. 시가 특히 관습적이고 관성적인 느낌과 생각을 뒤흔들어 놓을 때 시적 표현은 낯설지만 신선한 뇌관처럼 상상을 가동시키고 그 위력을 증폭하여 고정관념을 폭발시킵니다. 시는 은유와 해석의 세계에만 머물지 않고 잇달아 일어나고 이어져 이르는 소리만으로 충분하고 활기찬 세상을 구현합니다. 답으로부터 해방된 웃음과 울음과 물음이 리듬을 타고 계속 변주하는 세상에서 우리의 지각활동과 더불어 억눌리고 부정된 무의식의 기력도 함께 되살아나 즐겁습니다. 반복은 리듬을 통해 연상 언어를 지각 언어화합니다. 음운의 리듬은 기지의 패턴을 통해 미지의 패턴을 예감하는 지각활동을 활성화합니다. 이때 시는 지나간 시간을 통해 도래할 시간을 지각하는 양식이 되고, 과거와 연결되며 미래를 지향하는 운동이 됩니다. 그리하여 시는 미래의 언어로서 예감하기와 예언하기를 동시에 수행합니다. 시어가 반복되며 사건이 되는, 시가 요동칠 때 기억이 출현합니다. 기억은 리듬을 타고 오는가요. 아닙니다, 우리가 리듬을 타고 기억을 찾아갑니다. 기억은 거기 그대로 있는데 우리가 떠나온 것이고, 리듬을 타고 찾아가는 것입니다. 시적 언어가 반복될 때 자기만의 고유한 삶의 리듬과 속도를 회복할 수 있는 활력이 생깁니다.

내게서 무수히 생멸하는 상념을 지켜보며 내가 하는 일을 주시하고 그런 나를 비워야 도달할 수 있는 것이 시원

인지 모릅니다. 이때 근원은 이념화된 객관세계나 대상세
계가 아닐 것입니다. 그렇다고 순수 내면세계도 아닐 것입
니다. 그것은 존재자들의 존재와 무시로 만나는 삶의 현상
들을 본디의 자리에서 주시할 수 있는 시공간일진대, 니체
가 말했듯이 그것은 나에게서 가장 멀리 있는, 자신일 것입
니다. 그곳에서 말을 걸어오는 뜻밖의 언어를 맞이하는 것
이 시적 사건입니다. 손이 잘 닿지 않는 몸 구석이 가렵습
니다. 내 몸에서 보이지 않는 곳에 있던 존재가 표현을 합
니다. 살면서 생각지도 않은 곳이 말을 걸어 옵니다. 눈길
은커녕 손발조차 닿지 않은 오지, 내 몸속의 유역, 내 생을
엄연히 떠받치고 있으나 무심했던 곳에서 자기표현을 할
때 우리는 나보다 나를 더 잘 볼 수 있는 누군가 곁에 있기
를 바랍니다. 내가 아플 때, 몸이 더 이상 불균형을 견디지
못하고 살려 달라고 외칠 때, 혼자서 그 고통을 다스릴 수
없을 때, 누군가의 발길과 손길이 얼마나 간절한가요. 혼자
감당해야 할 몫이 있지만, 남이 절실하게 필요할 때가 있습
니다. 이웃의 그늘을 모른 체하고 사회적 약자들의 외침에
무심하다가 어느 날 내가 고통을 당하고 내 주위에 아무도
없다는 것을 알았을 때 얼마나 우리는 외로운 존재인가 뒤
늦게 깨닫게 됩니다. 보이지 않는 것들, 들리지 않는 소리
를 살려서 그 존재자의 외로움에 관심을 갖도록 선동하는
이가 시인인가요. 감정이입이라는 것이, 남의 처지와 아픔
에 공감하고 그 고통을 이겨내는 아름다움을 살리는 것일

진대, 보이지 않는 모습, 들리지 않는 소리를 모시고 있는 시가 절실하게 필요한 시대입니다.

　우리는 인식의 한계가 있는 존재입니다. 거울 없이는 제 뒷모습은커녕 제 얼굴과 낯꽃을 볼 수 없으면서, 자신이 늘 대상을 올바로 인식할 수 있다고 고집하는 것은 망상일 뿐입니다. 이것은 시인, 시적 화자나 시적 주체에게도 해당됩니다. 인식론적 이해는 공간적으로 나의 인식적 한계를 알아차리고 남의 인식을 고려하는 일입니다. 우리는 서로를 대신할 수 없지만 서로 상대방을 볼 수 있기에 나의 맹점과 남의 맹점을 서로 인식할 수 있는 실존적 시야를 확보할 수 있습니다. 서로의 처지와 형편에 따라 기억의 차이도 분명합니다. 나는 내 얼굴 표정이나 행동을 볼 수 없으니 기억할 수도 없지만, 남은 내 표정이나 행동을 볼 수 있고 기억할 수 있습니다. 행위자이며 관찰자인 나는 나의 행동을 모두 볼 수 없으나 남은 내가 볼 수 없는 내 몸짓을 볼 수 있어서 남은 나의 거울이고 나는 남의 거울이기도 합니다. 나는 시간적으로 내 삶을 파악할 수 없으나 남은 내 생전과 사후를 인식할 수 있습니다. 우리는 상호 표현적 관계를 맺고 상대에 대한 인식이 서로 다른 상호 주관적인 현실을 살아갑니다. 이런 한계를 무시하고 내가 인식하고 기억하는 것만 옳다고 하고 차이를 무시하고 독단에 치우칠 때 인간관계는 어긋날 수밖에 없습니다. 이런 인식의 한계를 알고 그 한계를 공감과 상상력으로 보완할 때 남을 작품으로 비추는 일이 가능해질 것입니다. 시를 쓸 때 남의 공간적 가치론적 의미론적 외재성을 가질 수 있는가를 묻고, 묻는 자신도 그런 한계를 가질 수밖에 없음을 인정하는 것이 필요합니다. 시를 쓰는 일은 그래서 자기의 독단을 줄이고 남이 되어 보려는 노력입니다. 이 노력은 온몸으로 할 수밖에 없지요. 남이 되는 일이 의식으로만 됩니까. 그것은 느낌과 감정과 행동을 상상하는 총체적인 일입니다. 시를 통해 세상을 보는 일은 관습적 인식을 교정하는 것과 같습니다. 더구나 시에 모셔진 존재자들과의 관계가 대상과 구경꾼의 그것이 아니라 상호 표현적 관계로 바뀔 때 몸과 몸으로 이루어지는 이런 관계에서 시를 읽는다는 표현보다는 시를 겪는다고 하는 것이 옳을 것 같습니다. 시가 지닌 공감의 힘은 강력해서 소유 감각만 발달한 사람들의 다른 감각들까지 해방시킬 수 있는 위력이 있습니다. 다른 존재자들의 고통을 공감하는 능력으로 말미암아 이제 그 고통은 고통만이 아닌 상태로 새롭게 나타납니다. 말할 수 없는 고통의 입이 되어 고통을 함께 말하고 힘을 모을 때 그 고통은 사실이 되고 진실이 드러나며 고통을 이길 수 있는 길도 열립니다.

자본의 제국이 문화를 지배하고 있습니다. 자본 축적에 봉사하는 영상 이미지들이 순간마다 새롭게 변형되어 나타나 사람들의 감각을 획일화합니다. 오감은 마치 '새로움'을 강박하는 성적 폭력적 이미지에 갇혀 마비가 된 것 같고 소유 감각만 발달합니다. 시각적인 향락만을 충족시키기 위해 매일 새로운 이미지가 만들어지고 있지만 모니터가 꺼지고 난 후 대면하는 현실은 지루할 뿐입니다. 자본을 위해 유난스럽게 기승을 떨던 환영은 순식간에 소비되고 흔적조차 남지 않습니다. 시각에 호소하되 만날 수 없고 소통할 수 없는 신기루는 관음증을 퍼뜨립니다. 이른바 예술가라는 사람들은 현행하는 권력 표상, 곧 자본에게 인정을 받을 만한 이미지를 만드는 데 골몰합니다. 이 시대의 온갖 이미지는 변형되고 있지만 동일성에 귀속되는 개념적 차이만을 재현하고 있습니다. 속도의 주술에 걸려 성급하게 일반화한 표상들, 형상은 있지만 흔적이 없는 이 유령들을 대중이 원하는 아름다움이요 욕망의 대상이라고 자본은 집요하게 주장하고 있습니다. 인정 투쟁이 살벌하게 벌어지는 미적 영역 역시 정치적이어서 권력이 작동합니다. 이 와중에서 사람들은 부자연스러운 것을 자연스럽게 여기고 오히려 자연스러운 것을 불편해하고 있습니다. 눈을 뜨고 있지만 보지 못하고, 볼 수 있어도 보려고 하지 않는 성향이 팽배한 도시에서, "삶 가운데서 예술을 배우고, 예술작품 안에서 삶을 배우라. 어느 한쪽을 옳게 알면, 다른 한쪽도 옳게 알게 되리라"(프리드리히 횔덜린)고 한 시인의 말이 무색해집니다. 삶이나 예술이나 제대로 알고 실천하면 삶과 예술의 통일된 실재를 깨닫게 될 터인데, 문제는 삶과 예술을 분단시킨 자본 권력입니다. 사람들이 세상을 일정한 이야기로 이해한다고 할 때 그런 단순하고 추상적인 이야기는 세부까지 그럴듯하게 재현하는 첨단 기술적 성과에도 불구하고 우리에게 현실을 직관할 수 있는 성찰의 기회를 제공하지 못합니다. 자연스러움을 철저히 왜곡하는 것이 낯설고 새로운 것이라면 우리는 그런 예술을 통해 발견의 눈을 뜨기는커녕 현실에 뿌리 내리지 않는 가상현실의 변화에만 재미를 느끼게 될 것입니다. 역사적 현실을 망각하고 상징적 질서에 배치된 채 가정법을 따라 무한 증식되는 환상효과에 사람들의 정서와 인식이 길들여집니다. 삶의 맥락과 관계없이 돌출하는 파편화된 시각적 영상이 머릿속에서만 활발한 상태라서 공상의 양탄자 위에서 현실은 발걸음 소리조차 내지 못하고 물리적 힘을 상실하고 맙니다. 이런 자리에서 다시 자연으로, 본디로 돌아가 시적 거리 두기를 실천하는 사람들이 있습니다. 영상 이미지는 표상을 변형하고 재현하지만 시는 비표상적인 것들을 표현합니다. 대중의 눈길을 끄는 영상 이미지, 그래서 눈길을 포획하고 마는 이미지는 일방적입니다. 거기에는 자본의 잉여가치는 있을지언정 삶을 위한 심미적 가치는 없습니다. 그러나 시는 삶의 타자로서 나를 바라봅니다. 시의 눈이 내 일상을 바라보고 내가 미처 찾아가지 못한 곳으로 오감을 인도합니다. 시는 익숙해서 지나친 만상의 특이성과 감촉함으로써 세상을 인식하고 해석하는 일정한 틀을 깨고 닫습니다. 현행하는 권력 표상에 길든 욕망을 낯설게 느끼게 하고 대중의 편향된 시각에 저항하는 그런 시는 그래서 대중의 관심으로부터 멀어진 자리를 지킵니다. 그 외로운 자리에 목숨이 남긴 흔적이 있습니다. 형상은 사라졌으나 흔적이 선명하게 남은 바닥에서, 그 역사적 현실에서, 욕망과 절망 사이에서 외로워서 사람다워진 몸으로 서성이는 시인들이 있습니다. 그들이 인식과 의식 너머의 실재와 조우할 때 권력이 주도하는 질서에 균열이 생기는데 그것을 지켜보며 그들은 스스로 질문하고 대답하는 책임을 지려고 합니다.

이들 중에서 가장 늦게 나는 사랑니는 휘어지거나 옆걸음질 치면서 고통만 주다가 뽑혀 버립니다. 사랑니는 애물단지 신세가 되어 퇴화하는 중이라고 합니다. 과연 그럴까요. 사실은 우리 몸에 사랑니가 들어설 여지가 없어진 것이 아닐까요. 제 힘으로 씹어 먹을 수 있는 역량을 상실하고 남들이 가공해 준 음식을 먹다 보니 셋째 어금니가 들어설 여지가 없어져 버린 것이 아닐까요. 거친 현실에 직면하여 현실을 스스로 씹어 삼키지 못하고, 곧 제대로 사랑하지 못하고, 애먼 짓으로 남 탓하고, 사랑니 탓만 하면서 살아온 것이 아닐까요. 시가 요즘은 지치(智齒)가 아니라 성가시기만 한 군더더기 신세 같습니다만, 다른 종류의 책들보다 시집을 주로 읽습니다. 미디어를 통해 범람하는 말의 홍수에 시달리다 보니 언어의 경제를 실천하고 있는 시라는 장르가 새삼 매력적으로 다가오더군요. 타락한 언어 사유의 민낯을 가감 없이 드러내는 거센 '소음과 분노'의 와중에서 빠져나와 시를 읽으며 시 한 행에 함축된 사연과 의미를 풀어 보고 행간에서 잠시 멈춘 채 추억에 잠기거나 상상을 펼칠 여유를 누리다 보면 들끓던 마음도 어느덧 가라앉아 고요해지고 시의 침묵 속에서 비로소 안식할 수 있습니다. 생동하는 시적 표현은 관습적인 느낌과 상투적인 관념 너머로 이끌고 가 존재에 대한 인식의 지평을 새롭게 조정하면서 기억과 고집의 굳은살을 풀어 주고 잃어버린 시간을 되찾을 수 있는 계기가 되기도 하고 심지어 잊고 살던 어떤 존재를 실감할 수 있는 자리에 와 있는 것 같은 느낌을 주기도 합니다. 어떤 때는 시적 표현을 통해 소외된 슬픔과 고통을 함께 느끼고 말함으로써 우리가 잊고 사는 사회적 삶의 원형을 되찾기까지 합니다. 그래서 언사가 비대해져 말이 곧 인간에게 저주가 될 수 있는 시대에 말의 고갱이가 지닌 힘을 구체화하려고 안간힘을 쏟은 시인들에게 큰 고마움을 느낍니다.

## 시인의 말

콘크리트 계단 갈라진 틈에서
환하게 웃던 씀바귀 꽃이여

인간 친목계에서 탈퇴하고 싶었을 때
내 어둠 와락 껴안은
숲의 서늘한 침묵이여

비 오는 밤 먹구름 위에서도 빛나다
빗방울 타고 내려와
그대 눈에서 글썽이는 별빛이여

다시 서럽게 밀물 드는
촛불 화엄 바다여

뜻을 새겨듣고 환히 핀
수많은 낮꽃들이여

2020년 6월
권덕하 모심